adalberto

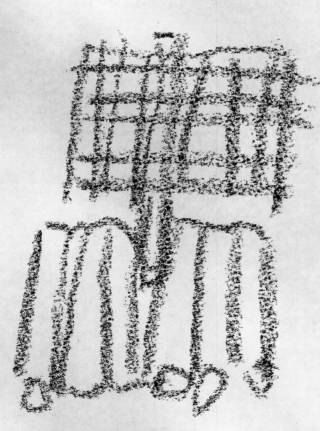

Querida Nina
¡Gracias por tus graciosos
dibujos de Milo!

First Spanish language edition published in the United States in 2000 by
Ediciones Norte-Sur, an imprint of Nord-Süd Verlag AG, Gossau Zürich, Switzerland.
Spanish edition supervised by SUR Editorial Group Inc.

Library of Congress Cataloging-in-Publication Data is available.

ISBN 0-7358-1403-1 (trade binding)
1  3  5  7  9  TB  10  8  6  4  2
Printed in Belgium

Si desea más información sobre este libro o sobre otras
publicaciones de Ediciones Norte-Sur, visite nuestra página
en el World Wide Web: www.northsouth.com

# Milo y la isla misteriosa

Texto e ilustraciones de Marcus Pfister

Traducido por Carmen Moreno

Ediciones Norte-Sur

New York / London

En la isla lejana donde vivían Milo y otros ratones, todos se habían quedado en sus cuevas durante el invierno. Pero una vez pasadas las tormentas, uno a uno, los ratones empezaron a salir para disfrutar del sol.

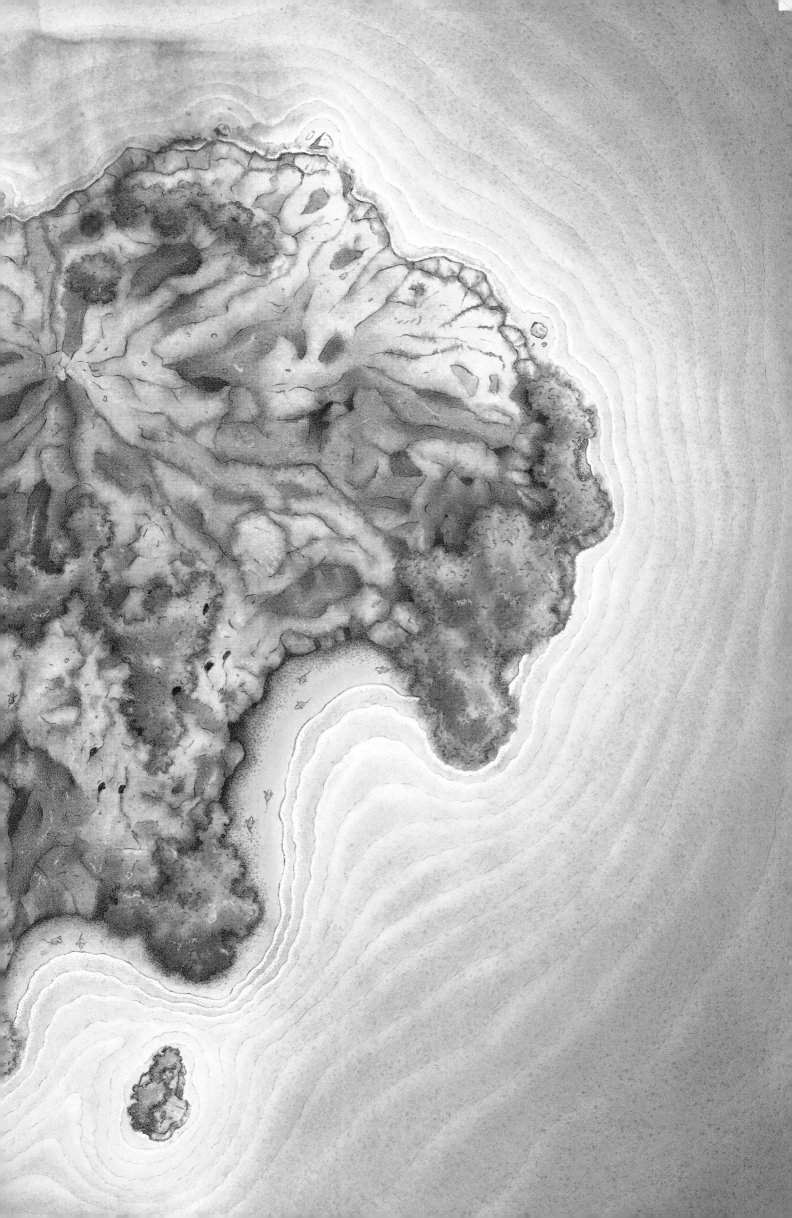

Milo quería ver qué había pasado en la isla durante el invierno. Después de olfatear el aire fresco, salió a caminar. Milo conocía cada rincón de la isla, cada vereda, cada roca... y muy pronto se aburrió. Todo estaba igual que en el otoño. Nada había cambiado. Subió al acantilado más alto, miró a lo lejos y se preguntó qué habría más allá del horizonte.

Milo vio una madera flotando en el agua y se le ocurrió algo. Corrió a la orilla del mar, se metió al agua y con mucho cuidado se sentó sobre la madera. ¡Increíble! La madera seguía flotando. Milo trató de ponerse de pie, pero cayó al agua helada. La madera era demasiado pequeña. ¿Qué pasaría si amarrara varios pedazos de madera?

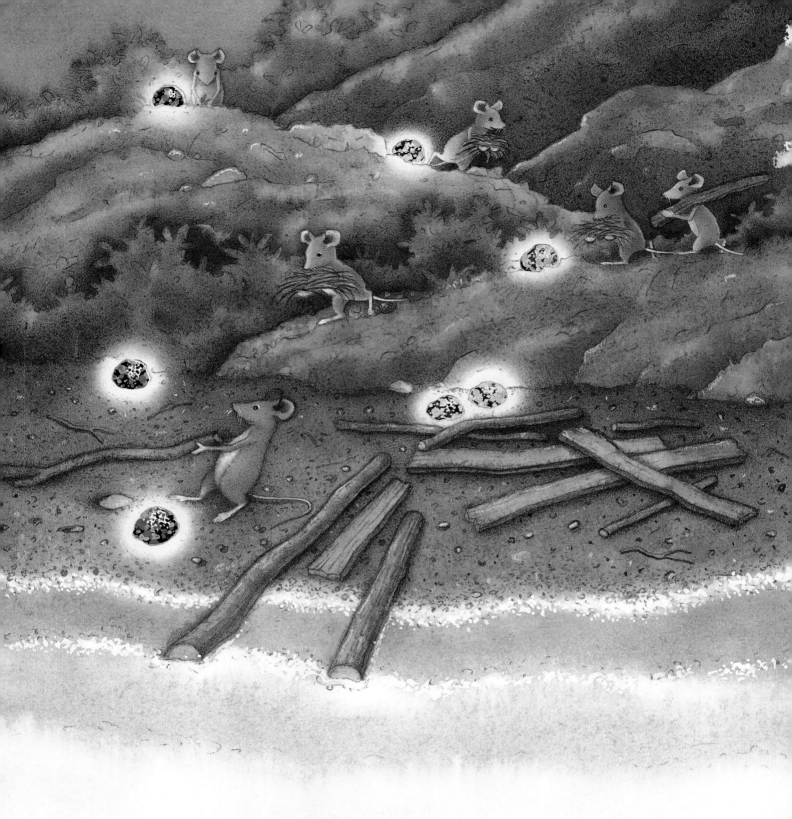

Milo corrió a contarles a los otros ratones la maravillosa idea
que había tenido.

—Si me ayudan, podemos construir una balsa gigante y salir
a explorar —les dijo.

Entonces, el sabio Baltasar les contó la vieja historia de unos
extraños ratones rayados y su isla misteriosa.

—Podríamos buscar esa isla —dijo Milo.

A todos los ratones les gustó la idea y enseguida se pusieron
a trabajar. Unos fueron a buscar madera, otros trajeron hierba
para hacer cuerdas y una vela gigantesca. Al ponerse el sol,
siguieron trabajando a la luz de sus piedras mágicas.

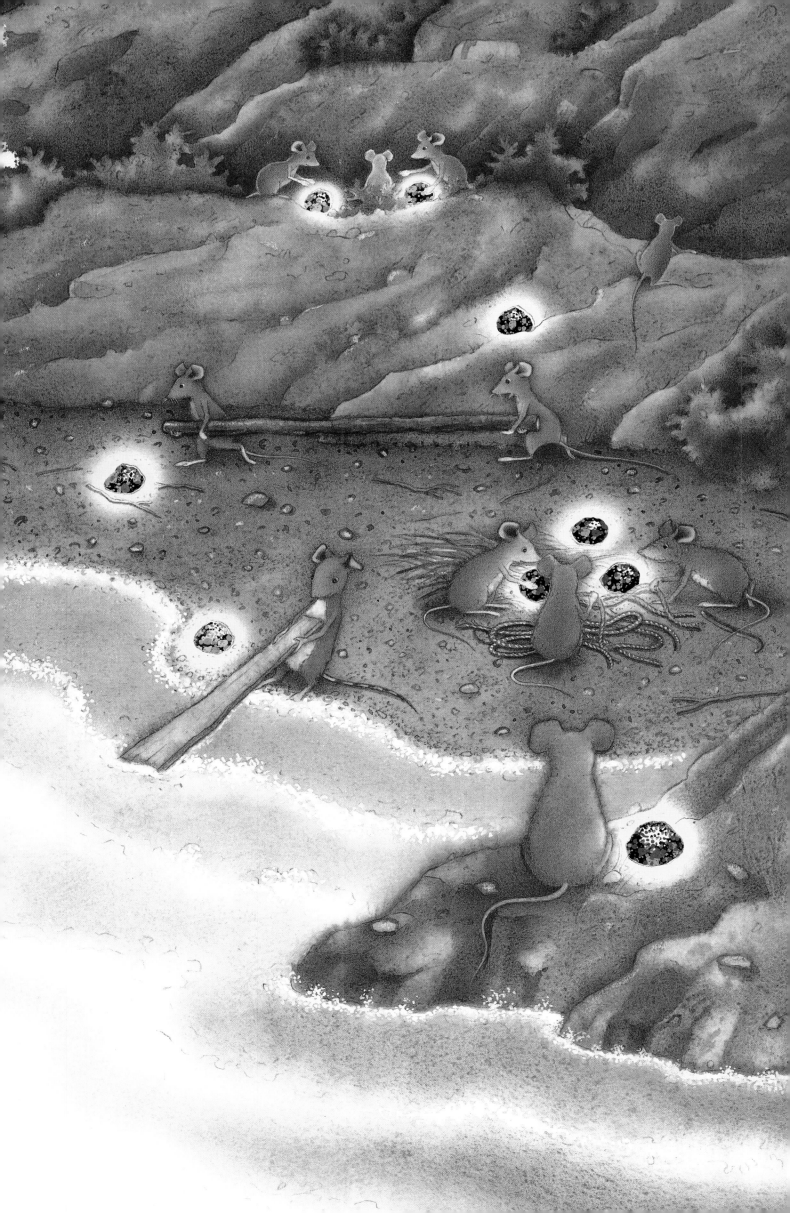

Por fin habían terminado la balsa. Pero a la hora de zarpar, sólo los más valientes se atrevieron a acompañar a Milo en su viaje. Baltasar prefirió quedarse en casa.

—Soy muy viejo para esta clase de aventuras —dijo pensativo Baltasar, y luego añadió— sigan el sol del mediodía que los llevará directamente hacia el sur. Con un poco de suerte, encontrarán la isla misteriosa.

Los ratones cargaron en la balsa agua y comida, y se aseguraron de llevar sus piedras mágicas. Sabían que les serían muy útiles en las noches oscuras del océano.

Los aventureros se despidieron de sus amigos y zarparon.

Al principio los ratones disfrutaron de la travesía, pero para el tercer día ya estaban aburridos y desalentados.

—Regresemos a casa —dijo uno—. Esto es una pérdida de tiempo. Esa isla no es más que un invento de nuestros abuelos.

Milo también empezó a preocuparse. La vela de la balsa se había rasgado y las cuerdas se estaban desgastando.

En eso, los ratones oyeron a Milo gritar desde lo alto del palo mayor: "¡Tierra!"

Frente a ellos había una isla. Era una isla muy distinta a la suya. Era muy verde, con árboles altos y plantas extrañas. Al acercarse vieron que unos ratones rayados los estaban esperando en la playa...

Cuando Milo regresó a la playa,
la balsa estaba cargada y lista
para zarpar. El mar estaba
picado y al poco tiempo de haber
salido, tal como había dicho Milo, se
rompieron las cuerdas y la balsa empezó
a desarmarse. Las piedras mágicas y todos los tesoros que
habían robado se hundieron en el fondo del mar. Tratando
de sobrevivir, los ratones se agarraron a los restos de la balsa.
Después de varios días, llegaron milagrosamente a su isla.

Exhausto, Milo se arrastró hasta la cueva de Baltasar y le
contó todo lo que había ocurrido.

—Hubiéramos podido aprender mucho de ellos, y ellos de
nosotros —dijo Milo muy triste—. Pero ahora, en vez de amigos
tenemos enemigos.